时光积木

SHI GUANG

JI MU

陈崇正◎著

广州新华出版发行集团

广州出版社

图书在版编目（CIP）数据

时光积木 / 陈崇正著. —广州：广州出版社，2023.4
ISBN 978-7-5462-3580-6

Ⅰ.①时… Ⅱ.①陈… Ⅲ.①诗集—中国—当代 Ⅳ.①I227

中国国家版本馆CIP数据核字（2023）第018515号

书　　名 时光积木
Shiguang Jimu
出版发行 广州出版社
（地址：广州市天河区天润路87号广建大厦9、10楼
邮政编码：510635　网址：www.gzcbs.com.cn）
责任编辑 霍婉兰
责任校对 王俊婕
排版设计 广州水石文化发展有限公司
印　　刷 佛山市迎高彩印有限公司
（地址：佛山市顺德区陈村镇广隆工业区兴业七路9号
邮政编码：528313）
规　　格 880 mm × 1230 mm　1/32
印　　张 5.5
字　　数 74千
版　　次 2023年4月第1版
印　　次 2023年4月第1次
书　　号 ISBN 978-7-5462-3580-6
定　　价 48.00元

发行专线：（020）38903520　38903521

自序：缪斯在暗夜中穿行

人类离开真正的黑暗已经太久了，我们熟悉电，熟悉灯光和开关，但是也许需要真正的暗夜才能让我们重新理解生命的卑微，理解诗和满天星辰。回望童年，那是一个冬夜，我手里托着一只瓷杯，小心翼翼穿过黑暗不见五指的小巷，去给一位巫婆送热茶。那时我六七岁，村子尚未通电，到处黑灯瞎火，巫婆总必须在深夜作法，而我的爷爷笃信神佑之力，十分虔诚，非得命我前往奉茶。巫婆用哆嗦的嘴唇轻呷一口热茶，喉咙深处发出窔窔的声响，我在一旁大气不敢呼出，轻轻揉搓着被烫得生痛的手指。多年之后，这样的情景被我写进了小说和诗歌中，成为我写作中一个重要的起点，其中丰富的细节支撑起了想象的穹顶。

漆黑的村庄，暗夜独行的小孩，一个简单而平凡的场景，似乎不值得倾注更多的心力。但我相信细心的读者不会一闪而过，他或者她，在盛夏或者寒冬，如果稍微凝视这样一个情景，就会明白这样神秘的氛围中凝结着作者生命中最神秘的那一个音符。透过文字细密的编排，我相信时空遥隔的理想读者可以读懂其中吹弹可破的梦境。而这样的一个普通的记忆，恰恰是通过写作才会被重新唤醒的。如果没有写作，这样的一个情景大概也无法焕发任何光芒，而只会沉入阴暗的忘川之中，没有谁能将之擦亮。是写作赋予了生命记忆以坐标，让那些凌乱而无序的时间之物重新获得次序，从而成为历史的标本。

所以可以这么理解，诗歌写作对我而言，还有日记的功能。时光易逝，太多东西在眼里和心里跑马而过，而终于还是没有留下任何印记；而能够刻下一道痕迹的，或深或浅，都是生命的密码，里面的快乐与忧愁，皆可化为一曲幽歌。记忆之于我们自己是宝贝，敝帚自珍，灼灼可人；而对于他人而言，不过破铜烂铁。我们背着破铜烂铁穿行于人世，而缪斯在暗夜中穿行，唯有写作能沟通人与神的秘境，将记忆重新唤醒、激活，成为珍宝。

写诗是一种生活方式，而我离开这种状态已经很久了。只是偶尔因为需要用诗歌来调整我的状态和语感，处理其他文体无法处理的情绪，我才会开始写诗。比如从2005年开始，我几乎每年的清明节，都会写下一首诗，以诗歌的方式缅怀先人，独自思考生死这样严肃的人生命题。

大概只有在写诗的时候，我才会觉得自己是一个诗人。我曾读到约瑟夫·布罗茨基的一段话："除了少数例外，近代所有多少有些名气的作家都交了诗歌学费。有些作家，例如纳博科夫，则一直到最后都试图使他们自己和周围的人相信，虽然他们主要不是诗人，但他们依然是诗人。然而，他们之中大多数人在一度屈服于诗歌的诱惑力之后，就不再把注意力放在诗歌上了，除了作为读者；不过，他们依然深深感激诗歌在简洁与和谐方面给予他们的教益。"这段略带调侃的话十分精辟，说出了很多作家的诗歌情结。我无疑也曾是诗歌的学徒，虽然很多人并不知道我写过诗歌。整理诗歌文稿时我就发现，大学时代足足写了十万字的诗歌；而在二十五岁以后，伴随着青春激情的消逝，我也逐渐从诗歌写作转向了小说创作。我的诗歌写作几乎停歇，因此我还对自己产生了怀疑，我的内心荒芜而苍白，缺乏诗歌生长所需要的磅礴激情，并没有信心能为汉语诗歌这条河流贡献更多的浪花。我自卑地发现自己并没有足够的才华去支撑诗歌腾空而起的能量，也没有足够的才华让我的诗歌具备洞察这个时代所需要的穿透力。

诗歌之河并不需要我，而我需要诗歌。我需要诗歌来治疗我的幻想，需要用写诗来温润我尘封的诗歌之心。这个世界已经够浮躁了，只有孤独古今如一。一个人安静下来时，在骨子里扎根的寂寞，便会柔软地生长开来。孤独是另一种暗夜。无论在哪里，无论在什么时间，我都时时可以发现自己只是孤身一人，无所凭依，无所替代，无所分享。情绪和感觉，有时候并非文字和语言所能完整表达的。它们都是三棱锥，搁在心里，把你刺痛。这些年来，我只能享受着它们带来的伤害，欣赏着它们的毒液，寂寞的毒。文学都带有微毒，如果无法致幻，如果无法给出斑斓的梦境，那就不是好文学。

脚步不由自主地前行，而寂寞时时反顾，给我温暖，也给我辛酸。我重新翻看多年之前写下的诗歌，某些句子已经变得隐约，读起来有些陌生，像一个个被遗忘的密码。它们把我带回幽深的记忆之林，在那里，刀光剑影，欲望昏黄，大火燎原，星星起落。生命的老死，记忆的消失，终究是躲不过的。我有保存旧物的习惯，但我知道保存不了整个回忆、整段人生。诗人都是贪心的孩子，要把整个人生都放进作品里吧，我要不停地写，不停地让它们凝固下来。只是到头来，依然无法抵抗遗忘。

所以我只能回到内心，在物我的联络中给我的诗歌写作一个新的定位。诗歌于我是孤狼之嚎，只在月夜，只在方寸腾挪之间，那些自然流淌的文字组成了繁复的图景。幸运的是，暗夜中缪斯时时反顾，偶尔还可以与诗神寂寞对坐，还能够被阅读，这已经是对我写下的这些分行句子最为从容的赞美。

目　录

时光积木

从来都是一块块垒上去的
脚板踏着肩膀，隐私叠着阴影
一阵风跟在另一阵风后面

寂静中，我的眼正看着你的眼
温柔而无声的伤害就此发生

厌倦在驱逐厌倦
柔情来自谷底，来自渺无人烟的空旷

块状的旋风没有规矩
从脚心到胸口一直升腾起来
用手按压，稳住这人生的积木
方形的命运一节压着另一节
没有告别和远行的勇气
没有拒绝，只有笑脸相迎

除了死亡可以推倒积木
还有什么力量能让人
叛离这个充满藤蔓和皮鞭的世界
而亲爱的，你口中虚构的念念不忘
究竟又是什么

碧河吟

你所需要的光编织在水里
那大雨初晴鸡犬相闻的安宁
应恰似一个好句子汇入大海
此刻云彩的祝福在碧河中生长
草树野蛮如梦境
无须遍历祖辈赤足走过的艰辛
古老村落熟悉时间流转的密码
熟悉兵匪战乱和后世崛起的史诗
鲲鹏翔于天际，故事早已成颂
合上书本便如游子回到故乡

杀鹅

至死也想不出受戮的理由
只记得香甜的青草弥漫着诱惑
结实的水波承载了轻盈
曲项向天歌，低头就看到甜蜜

而命运就是这样，永远都猜不透
你眼中所有的美丽
在另一种眼光中仅是一道菜
利刃、炉灶，柴火燃烧的噼啪声
飘落的羽毛和错乱的人影
这生命最后的风景
似乎都与自己再没有一丝关系

清明：那个掩埋苦难的人

那个头发银白的老人
曾经把我放在单车的后座
小心避开山路上每一个石块
安稳地把我送出童年

那个老头用骨头说话
能让我爸爸妈妈同时低头认错
年轻的时候他是一条汉子
年老之后他还是一条汉子
时间改变他头发的颜色
却还给他威严
我清晰记得那个阳光漫溢的下午
他用两个指头打哭了我

他领养我妈并成为我爷爷
他以他古怪的脾气见证
一个家族的盛衰

有一年清明他指着祖宗的灵牌
宣布不再扫墓
人们低头不语，我妈在流泪
他咳嗽着骑着单车离开
再过一个清明他就被时间掩埋

我妈说他的积蓄已经越来越少
但他还掏钱买了一罐马蹄爽
挂在高高的吊篮上
农村少有的饮料令我口水不断
某一天他砰地拉开罐子说
来，庆祝爷爷的生日，干！

年老的时候他蜷缩在阳光里
身穿虎纹棉袄
飞鹰牌香烟熏黄了他的手指
他说他的朋友越来越少
他给我讲述子弹和老虎凳
讲述饥饿、女人、鸦片和盗贼
他转过头去不让我看到眼泪，他说

哪一天你有出息就允许你来给爷爷扫墓

爷爷死在寒冷的冬夜
至死不吭一声
凌晨四点多我爬出被窝
骑着爷爷心爱的单车穿过小桥
带给爸爸妈妈关于死亡的消息
屋子里的灯亮了起来
哭声出奇地响
代替了爷爷长达两年的咳嗽
沿着小巷传得很远

用骨头掩埋苦难的人
终于被泥土掩埋
他的尸骨坐落在大山深处
清明，我已不认得进山的路

在谷雨怀念清明

我再难以认清来时那条路了
我只记得春天的雨下得很细
奶奶走过去，一脸的红晕
爷爷也走过去，步子跨得很大

只须再过些时日，我也要跟过去，我想
我的动作应该再轻一些
才不会不小心顶撞了香火和白蜡烛
把孙子的孙子吓哭

烛光清明

我点了一根蜡烛
只是你不知道
你不会再发脾气了
谁守护着你的竹林和渔网

我是在煤油灯下读书和写字的
如今老屋已经像蜘蛛网一样挂在风中
我的才华正在消减，直至没有
你的咳嗽声还传来么

如果需要信仰
你就是画在墙上的图腾
爷爷，我知道你现在正在天上看我
看我写完这首诗
我写得这么差
以致你一声不吭

仿佛清明

仿佛忙完了一天的农活
仿佛自己正坐在茅屋前面的树桩上
抽着水烟，听屋内老伴炒菜
饭香飘出窗外，门前猫和狗打闹
仿佛刚和铁块一样的儿子
吵完架，仿佛还有很远的路要走
仿佛今天不是清明节
仿佛我不是二十六岁，不是未婚
而我死去多年的爷爷，并未在田垄上死去
仿佛他真的坐在门前的树桩上
仿佛他真有一个铁块一样的儿子
能将他已经断绝的血脉一直延续下去

我那清且明的祖先

他们一定读过我的诗
他们还在反复说着老笑话
他们或许现在就肩并肩和我坐在一起
被死亡过滤之后，一切都显得圣洁
老幼尊卑都处于平等的位置
假设他们在，假设他们读着我的诗
看到我蒸馏水一样被过滤的生活
看到我敲击瓷器，面对虚无
这是圣洁凝视洁净，高洁凝视纯洁
理所当然凝视着无可奈何
无论衣着、器具、居室有何不同
我们不过在此岸重复彼岸的错误
隔着阴阳之界重复他们的笑话和遗憾
沙滩上的足迹被海水一次次抹平
当他们再一次目光深邃地望着我们
就如我们目光幽远地望着天空
那天空中若有若无的视线笼罩着我们

我苍白的脸，日渐臃肿的躯体
我的欲望，以及一次次对信念的背叛
都通通在这清明雨中被检阅出来
我凝聚起全身的力量也不足以握住命运
就如海岸握不住海水晃动的韵律
枝丫握不住月光，凝眸握不住背离
假如血脉是一条永不断流的河
身体只是易碎的玻璃瓶
灵魂的琼浆可以将触角遍布大地
此时，两只展翅的黑鸟
正同时停歇在天平的两边

清明未明

我们的悲伤
有时只是被假设出来的
我们假设炼狱的痛苦
假设彼世的葱郁不可记取
其实一百年之前
你就见过我，在时光的缝隙
在虚掩的木门之后
玉佩映照着手镯，就如
珍珠奶茶对着牛仔裤
我所能理解的岁岁年年
刚写在黄卷纸上
幽林中广斧螳螂便开始厮杀吟唱
你咬着草莓穿过那道门
在转身的瞬间，我隐隐看到
死亡、骆驼和背着古琴的乐队
幽暗里，我分不清
那究竟是婚礼，还是葬礼

清明日手记

今天我静坐，阅读，睡觉
在花盆掩埋一条窗台下死去多时的壁虎
昨天，高速公路上车祸，死了
五个人。或者更多。他们都是赶回家去
拜祭先人。为了清明，他们也清明了
那些死去之人离我似远而近
颤动的枝叶，残余的舞步，吹不响的口琴
想起祭品：用看得见的动物亲近亡灵
想起香烛：用光芒的欲念妄图征服黑暗
魂是勾不动招不来的，上天入地的灵车也只去
它该去的地方。古老的祖先，他们的身边
流淌着充满化学元素的黄泉，渗入泥土的空气
有着僵尸的鼻息。他们秉持着善念
俯瞰鳄龟背脊一样的山峦，漂浮着禽畜的江河
苦难与荒淫同时奏响了乐章。他将沉默
他们都将沉默。亡者的队列在天上沉默行走
一些践踏过活人的人也加入其中

他们在泥土中出生，制造谎言，然后成为祖先
由沉默生成的罪恶滋养着他们
每个人都是同谋者。流毒弥散的世间地狱
清和明不是两个朝代，而是归家的梦想

星空墓碑

是栽种在心里的星空
那些绝望的光芒如尘埃
开门离去时
就仿佛房间一直还在
需要汇聚指尖的勇敢
在大地上留着面子
此间福地，脸孔冰冷
青草掩埋了鼻息
静待闪电劈落的那一天

纸上清明

大门缓缓关上之前
只看到那个背影走向深邃
每个脚步都如在纸上戳盖印章
大地上开满白色的花
这是春天，长须飘飘的祖先如顽童
在榕树的阴影里嬉戏
烟雨没有来，星辰运行如故
而万物速朽，纸做的风筝无从挣脱命运
写满错字的信笺正随风寄往远方

神秘情感

隔着镜框看你的照片
就像我们又在一起
谈起一些遥远的梦想
谈着上帝、故土、爱情、星空
以及诸如此类纯粹的东西
其实我是这所监狱里做得最得体的犯人
我对所有的绝望都保持克制
以此来产生黏合伤口所需要的力
镜框里笑容是热的，玻璃是冷的
所有我们遍历过的那些话题
周而复始，与时光同行

中秋节的孔明灯

漫天的孔明灯像萤火虫
小岛倒影在湖面
孩子的欢笑时远时近
新情侣在桥上相互依偎
歌声歇了，半罐啤酒还没喝完
老朋友的电话非常空洞
祝福短信总显得多余
能想起的事情变得越来越少
看月亮，也只是看一眼
亲人在路上错过了欢聚的时辰
吃了一块月饼，看无聊的电视节目
“最近怎样？”“还行吧！”
说一些差不多的话
在深夜独自看完一部电影
洗澡，睡觉
躺在床上，想不起寂寞一类的词语
知道明天醒来，总是心满意足

足够

有没有足够的时间走过独木桥
安静地走向另一片山水

可以有海棠花的倒影
可以有黑嘴鸟的啼鸣

落魄的江湖艺人
有没有足够的时间离开

在城堡的影子覆盖之处
那些无可名状的悲苦都在低翔

我握着我们互相珍重的命运
反复模拟握刀的姿势

被阴影挫伤的
有没有足够的露珠疗伤

异乡梦

在梦里重铸一个故乡
将漂浮的绿叶当成飞刀
将树林深处拼命叫着的蝉当成隐士
将没有哭声的小巷当成京城

或者反过来——
那飞刀般的流言就是绿叶
那隐士般的沉默就是叫喊
那京城般的威严就是哭声

前生的阳光照耀今世的冷土
祖先拥抱熊猫走向更冷的死
黑夜的袖口，变幻的浮云
被打成粉末的重金属侵蚀着记忆之胃

那些死去的人，活在未来
异乡人的信札空无一字却滴满泪痕

种满白菊的大地，推土机是巨大的橡皮擦
擦！擦！擦！铁蹄过后寸草不生

来吧！在梦里再铸造一个梦
那里不再有手握飞刀的疯子
不再有穿越迷茫的隐士
唯有一只被风吹滚到马路对面的空瓶子

那些空洞的痛苦将不再被叙述
嘶哑的喉音不再代表任何声音
这是异乡，夜鬼在空巷找不到归途
走吧，异乡人，喝杯甜酒，笑对流萤

大海在其南

什么花会第二次开放
苍茫之中，风力一直被低估

海面静谧，骑马者踏波而行
你可以召唤七枚硬币和一叶小舟

沙滩上铺陈着那么多的生命
浸泡在时光里，快的慢的，新的旧的

中年人，石头活得比我们久
把石头放生：回到海里去！

夏至将至，你注定被栽种在这里
大海在南边，遥远而不可窥探

月亮还没有第二次升起
寄给命运的书信，迟迟未被打开

杯盏隔着灯盏，有人在酒中醉去
未醉之人在镂花木窗后面坐着

什么花舍得第二次开放
爱着月光的人从此没有回来

有时候

有时候平躺在草地上
人只是大地吹出来的一个气泡

有时候站立在旷野中
人就是一颗钉子，轻风吹动的钉子

有时候忘了自己活着
至爱的人闪动泪光，在天国

在天国，有时候
我只是一片没有牛羊走动的草地

墙角那一株

她一直天真地相信一棵树可以是
梨树、杏树、苹果树
或者任何她想成为的树
第一次开出了石榴花
她沉默着，假装不理会自己
作为一株石榴树的命运
直到结了果实，有了石榴的孩子
发现一切再也不可更改
她才变得理所当然
敢于迎着阳光讲述过往的故事

清秋

和去年一样
这些带着清霜露水的凉风
撩拨锁骨，勾引情思
让这些不死不枯的人们
像荷叶一样迎风而立

那些冻在风中的肌体
未染色的忧郁
徐徐转身投来的悠远眼神
连同你爱听的滴水之声
都毫无理由地停歇在丛林深处

在平地上的铁轨

蓝天不蓝，灰色很灰
在平地上是谁轻轻吸走我的骨髓

不动的麋鹿，静止的水獭
在平地上哪一种月光填满我的躯壳

没有音乐，没有露珠
在平地上是什么泥土托住归家的列车

哗啦啦的人群，遥远的鞭炮
在平地上，怎样的年月，如何迁徙

越界

牢狱困住了我，一切正在涌来
鞠躬也在围困我，涌来的一切向下
父亲黑色的牙齿露了出来
黄土的黄，困住了我们的肤色
爱你的人困住了你的眼神

绝望呵，涌来的一切正在向下
黄土的黄困住了你的胸膛

白色的大道困住了牢狱
白色的一切困住了纯洁
应该用山一样的愕然来围困你的悲伤
所有不被理解的，都将化为冰河

冰河的冰，冻不住涌来的热血
你的手指已被截断，我的故乡正在扭曲
用你张皇的眼睛，望向白色的大道

大道正在向前涌去，黄土的黄！
绝望的黄，为什么你要隔着冰河看我？

牢狱困住了我，一切正在涌来
一个喷嚏熄灭了一处炉火
所有不被理解的话语都将是冰河

我在大学的第四个春天

是妞妞陪我度过的

如果我没记错

她歪着头，咬着一个苹果

一个人坐着一辆公交车

晃到了我的宿舍

在我的床上躺下

然后开始做该做的事

比如惹我生气

比如在床上叠她的信纸

比如把我养的两只小乌龟放走

再比如，怯怯对我笑笑

然后提及一辈子这样要命的事

要命的诗歌

椅子很破碎，衣橱也很破碎
如果我今夜逮不住那只该死的老鼠
就无法在这房间里再待下去
你知道，在找到它之前
句子会吞噬我，标点也一定会咬死我
咳嗽和烟头都无济于事
这只要命的老鼠正卡在我的喉头

无以表达的时光

如果告诉你抹去只是一个动作
撕掉只表示一种无效的忏悔
跪下去也只是一段两手空空的时光
你可否也发给我一个完整的四月
像酒席上发一双筷子一样
去记住这个夜晚没有故事的瞬间

假如我在迷谷遭遇不测

假如我在迷谷遭遇不测
请不要悲伤，更不必绝望
我只是稍作离开，明儿我就回来
让我离开这一切，再看一眼我的身体
很喜欢这个白胡子老头，是的，老头
年老色衰，我不再去陈述错位的婚嫁
以及这里格格不入的童年

假如我在迷谷遭遇不测
我会告诉你绝望的眼泪正滴在黄叶上
告诉你公主今夜不快乐的春愁
告诉你谎言正静静地走近
在这里，一切离开的消息和不测
都和女人甜蜜的谎言无关

有什么挂在横梁上

只要你失眠
你就知道有什么挂在高高的横梁上
只要你在乡下，在沥青铺成的屋顶下面
你就知道光秃秃的记忆已停满乌鸦

请为即将离开的人让开一条路
也请为归家的孩子，也只是孩子，让出
一席无梦的带着露水的睡眠

七寸

我乐意相信，只要抓住蛇的七寸
就可以把它用来泡酒
而我也相信它的毒液可以干掉八条壮汉

它黏糊糊的体液
已经可以统摄我的所有弱点
无须再劳烦它将那两个毒牙安放在我的伤口上
无须它再去掀开有关背叛的全部记忆
我可以安静地将我的七寸交付出去

桃花部落

穿过一座灯火通明的古庙
你就能见到山谷里安静的山城
竹林和柳杉林交错在阳光下
带血的大冠鹫在空中高飞鸣叫

在每一个离开背后
那个有青铜雕像的红拱桥
像臂弯，像母亲低垂的目光
噙住了一生最美丽的童年

麦田总是提前入睡
只要你一直站在山坡上
就能瞬间进入深秋
满天的眼神挂满责问
这一切只是冤孽。一夜之间

枕头和浅草同时浸湿

老不死的凤凰相遇在天湖山

笙歌御风踏月，吹动幽怨的苗女衣襟

暗恋

她一直静静地走在山谷之底
走在我目光所及的地方
淡黄色的裙子和浅浅的脚步
一个春天就在这样清脆的响声中过去
日子并未因为欲望而改变什么
如果说有故事，那也只是一种亏欠
和山坡木屋深夜的虫鸣无关

真正的寂静令人恐惧

十年过去，百年过去，千年过去
屋子还是屋子，巷子还是巷子
无头鬼的故事还用来吓唬爱哭的小孩
没有任何灵异出现
没有带着黏液的吃人的巨大怪物
没有海啸，甚至连地震都不曾有过
一千年前马车碾过马路
一千年后汽车碾过公路
人们像野草生了又死，死了又生
没有谁能让活过的再活一次
死去的再死一回
街头的老树胡须垂地，千年长青
小狗摇着尾巴跑过来又跑过去
一种无可救药的惰性在体内生成
抵制，别动，吃饭别发出声音
无论是过了十年还是千年

学会爱，也请学会恨

如果没有握刀的力量
如果忘记了鲜血溅起的姿态和气息
你就不再拥有爱

年龄正在使人疲软，或者你
已经很久没有紧咬牙关的习惯
相反，只会用手指去抠齿缝的肉屑

那么请安静地躺在大地上
让蚂蚁紧紧将你围困
请看清蚂蚁尖尖的牙齿和伶俐的动作
看清每一个局部
你会渐渐明白爱不是一场厮守
而是一场厮杀

穿着学士服照相

如果能手握刻有图腾的拐杖
就更像一个主持万物吉凶的死神
象征结束了一段苦苦挣扎的生活
象征离开心照不宣的谎言世界
象征该走的不再重来，断开的脉搏
分飞的燕子，是谁陪我度过大雨滂沱的一生
是谁爱我如清澈见底的童年

朋友

我要到另一座城市去
两年之后，你也到这城市来
也许是旅游，或者是工作
总之我们会很好地交谈
那时我已经习惯客居的寂寞
我们聊起故乡红彤彤的夕阳
和飞来飞去的海鸟
我们忘掉曾经的争执
和对彼此的不满，忘记
争风吃醋，甚至不再提及女人
不再提及一生这样的词语

夏天

夏天暖暖的风停止蠕动
于是海报上的美女就停止蠕动
柳树、木屋也停止蠕动
欲望被冷水冲洗过了
我在椅子上坐下来，打开书页
我似乎老了，在一片寂静中
梦中人已经死去多年

海边

少年要到海边去过夜

带着可以抵御海风的外套，带着他的女人

和食物

此外还有驱蚊水、防身用的匕首和雨衣

他相信大海是裸露的

他也相信大海未曾对谁设防

即使你欺负它、污染它，它都未曾恼怒

从来如此

在海边，少年一步步走近爱情

是时候明白世上的水摇晃所带来的重量

关于梨和苹果的讨论

像小孩子偷偷抽了一根烟
像一拧水龙头就哗啦地流出幸福
像老师说的，用排比句说话

在左手放一个苹果
在右手放一个梨
我们只是在玩游戏，你亲一亲我
闭上眼睛，再亲我
梨就变成苹果，苹果也会变成梨

我们彼此相爱，乐此不疲
玩一个叫爱情的游戏，甘心被骗
你扮演一台洗衣机
而我本来就是一个耕地的农民
种草莓，种苹果和梨
不用去管流年里怪石横生的小溪

我们把水龙头一拧

就是哗啦哗啦的幸福

三行六节

给我笔下的女人取一个名字
要温柔，要与世无争
要能够写三行一节的诗

我梦见地震，大地坍塌了
我拉着你的小手，开始逃命
你所有的不好，都变得可以原谅

我醒来时，满身是汗
苏东坡刚离开他泛舟的赤壁
天气炎热，我走进又走出

有一天你是否也背叛我，这最后
让六月的阳光晒裂我的脊梁，闭上眼
我这臭男人突然有种想哭的冲动

这是让我恐惧的声音，最后的忧郁

这是一根空弦，你一再弹响
我的身体正一点点崩溃，闭上眼

身体的欲望渐渐地安定下来
这是衰老的前兆。闭上眼
所有头也不回的离开都不被原谅

你我活在卑微的人世

森林里没有老虎
老虎都进了动物园
现在只有你和我
活在这卑微的人世
我们用泥土捏造悲剧
互相欺诈，妄想用海浪
扑灭彼此的不幸

为抢占有限的草地
我们彼此争夺
身体里坚硬的欲望，却使
我们彼此相爱

除了人世间竞争的规则
我们没有明白更多的道理
更未弄清幸福的根由
一直到死

卑微幻想曲

我将死去
十年，二十年，五十年
或者干脆今晚躺下去
就永远都不会醒来
死于癌症，心脏病，或车祸
死于意料之中或是始料不及

再过一百年
或者更远的时间
有一个无聊的人在网络上
无意间搜索到我的名字
并且看到我的文字
他或许是一个老教授
一个逃学的中学生
一个歌女，一个黑帮组织的头目
总之那是一个网络横行的时代
但已经没有人再谈论小说和诗歌

他打开了，看看，笑笑，又把网页关掉了
或者很严肃，召集网友开了一个追悼会
在我的名字下面
精心配上一张摇曳着烛光的图片

人这么多，名字也这么多
死去的很多，还没死的也很多
男人、女人
但不再有人知道名字背后的这个人
他花了几十年的时间
都干了些什么，想过哪些可笑的事
闪光的星星也不过是块石头
没有谁会仔细去辨认一只蚂蚁
走过的痕迹

五年后爱人的面孔

今夜我们紧紧相拥
我们经历了浪漫、吵架、沉默
不再努力地辩解，然后我们分手

五年以后你带着儿子来看我
带着我爱吃的猪肘子和柠檬汁
我无从想象
你的脸还像现在这样苍白
还是已经发福，变得红润

你戴着我送给你的耳环
你的儿子会背诵我写给你的诗

你没有感叹
时间和空间是如此不堪信任
我可能也忘了曾经拉着你的手
走过的那些小路

你或许已经变得精明能干

是个理财的高手

但当我再次坐在电脑前

你再不会拿着湿毛巾为我擦背

你已忘了我怀抱的温度

明日隔山岳

一个坠入深井的梦
在幽深中飞驰，如翅膀石化的大鸟
这里孤独和恐惧只剩下最初的含义
复数的出现不符合道德
瀑布之下并没有深潭，而只是虚空

故此，整个冬季的寒意凝聚在一瞬
人世间的告别无非如此，列车驶离站台
窗外山水轮换，如口齿伶俐的骗子
反复想起那个无休止降落的梦
坚冰代替竹叶站立在空气里
其中恐怕有被封锁的情欲

梦中柔丝触手可及，或者只是抽离的魂
从指尖飘散出去，从一只铁桶到另一只
这伟大的城市必然在身后坍缩成
一口深井。男女的笑语从井中传来

亲爱的，我竟无从分辨哪一声是欢愉

哪一声是玻璃弹珠被压碎的悲怆

电话里告别一个朋友

火车向南，南方会有温暖的雨
悬垂的暮云堆积在山脊
你在电话里哀悼死去的朋友
是你要得太多
死去的人不可能站在云端
生命的漏斗之下
本来只是阳光、空气和水
可如今风暴在大地上久久不散
窗外阳光灿烂却暴雨如注
我只记得他是一个脸盲症患者
一直叫错了我的名字

日子以东的遗老

我在日子以东打捞月光
清朝的辫子，清朝爱哭的老人
我坐在日子以东
以爱笑不笑的态度打开渔网

罗网热爱断开的速度
我热爱那真实又赤裸裸的悲伤
我热爱坐在日子以东
所有那些擦着眼泪的老人

山断开以后还是山
贫穷近在咫尺，就再无人谈及
贫穷有如何如何的嘴脸
也无人谈及爱情、理想、品位
诸如此类高尚而抽象的东西

兄妹

因为吃不到麻辣烫
妹妹就跑掉了，反正很固执

她房间里的栀子花
香得蚂蚁都竖起触角

我带着满头白发回到这里
看到妹妹悄悄退出门外的样子

我神经开始衰弱，尾骨疼痛
像一座老房子开始想念童年

妹妹现在是很老还是很小
老了，她会被埋在什么地方

忘记

并不是所有的落叶都属于秋天
并不是所有的绝望都因为皱纹

假如我一直都在路上，都在火车上
在一个可以让忧心忡忡的灵魂
漂浮起来的地方

七月行走

七月应该向前走七步
去七个地方，看七个朋友
同时爱着七个人

七月如此热爱巧合
非常具体的拥抱都成为意外
皱一下眉头，白一根头发

时地人事都可以假设
假设初始值为零
假设两个指头就是一把剪刀
假设流泪时微笑着，并
闭上眼睛

浅滩

江心已经露出浅浅的沙滩
水安静下来，慢得像一个老人
再过一些时候
夕阳也会轻轻地照过去
孩子会爬到沙滩上放风筝
除了在洪灾里死去的鱼
没有人再会想起七月的这场雨

活在水上的祖先

我坚信祖先生活在水上
他们就像一群少年
在独木舟上忙忙碌碌
为了节省衣料
无论男女，都穿得很少

他们随身带着武器
除了找吃的以外
还会私地里结怨斗殴
如果有警察出来询问
他们就勇敢机智地分成两派
一派躲到水里，变成鱼
另一派躲进历史就变成我们

要学会看夕阳

夕阳它就在西边，就是西边
夕阳下面是楼房，楼房下面是青草
它们都在西边
太阳是黄的，草是青的
要不是楼房遮挡，还可以看到山
山会是什么颜色呢？什么颜色都好
仅仅因为不需要向谁屈服
它们都生长得这么乖巧美丽

沙之书

浩瀚之书
要用年月翻阅
每句话只出现一次
就如闪电来过人间
就如人海中遇见了谁
此生便不再重逢
如若多看一眼
那定是悲悯，而非
你误读的一见钟情

大木

山洪暴发
我骑着山中的大木
漂流而下

此时我赤身裸体
再没有别的什么人生
能让我心惊肉跳

祖先的眼神

日子应该像啤酒瓶盖一样被撬开
东南应该被改变成西北
时间应该逆着河流均匀往回走
你应该是在
一个具体的地方给我开门
而不是一直把风雨挡在视野之外

那些生老病死只眷顾俗世的人们
有大山和河流阻隔，作为祖先
你应该拥有如炬的眼神
除了墓碑、石头、荒草
你还应该目睹远方的苦难和绝望

血莲花

传说有一朵血莲花
在山崖上和一块石头私订终身

他们都无比热爱大地和大地的重量
于是用极其冷静的口气窃窃私语

石头生下一块形状如鸡的小石头后就死了
自此小石头叫鸡血石，血莲花改名莲花

孩子们为了纪念山崖上伟大的爱情
把这种石头说话的口气叫作诗歌

村庄

只需一个下午
女人的嘴能把任何消息
传遍全村。早睡早起
这是真正的村庄
人一静，就全都静了
没有引擎的声音
没有被描写过的泥土香味
一个电话铃响
都会吓哭熟睡的孩子
喝醉酒回家的人
在黑暗中扶着墙壁走路

习惯

乡村里的人
对于这些事物：灾难、不幸、死亡
保留了善良的惊讶

但从饥饿中成长起来
他们已经学会很快习惯苦难
对断裂的疼痛保留了很好的韧性
这一天少一个人
那一天又会多一个人
他们总是习惯用反复的谈论
去习惯这些惊讶

探病

亲人们隔着口罩和他说话
怕他听不到，人们提高了音量
他蜷缩了一下身子，已不会说话
甚至连点头摇头都缺乏判断
此时，他已不被当作一个人来对待
更没有人会想起他美丽的过去

葬礼

他走了。走的时候松了一口气
病床边的人也松了一口气
预知的结果终于出现
等待已久的乌鸦终于离开它的枝头

程序开始运作：寿衣、纸钱、骨灰盒
主事人安排得井井有条
一辆车开过来，很快就送去烧掉了

一阵咆哮大哭之后
送葬的亲戚们就开始吃饭
把厨师送过来的全吃掉
席间谈笑风生，吃得吧唧响

清晰地谈起了赛龙舟捉乌龟的事
也不知要多少年
人们才会隐约地想起这世上
还存在过这样一个人

安静

我希望能静静地死去
坐在我的书房，而不是医院
眼望着我架子上的书
仰望着书脊上的每一个名字：
海明威、卡尔维诺、王小波
我一直很宁静
我的儿子和孙子发现我时
也很平静
他们把我抬去烧了
把骨灰装进盒子或撒进大海
我也像小孩一样，安静而听话

那些年尘土一样的爱情

风尘仆仆为爱情忙活的年月
我们曾绝望地伤害了彼此

你已经为他生了一个女儿
这些比风与河流来得真实

谁都没有得到更多。离得不远
只是转身，一面墙挡住去路

爱和恨本应该是一辈子
然而现在，我会坐在这里静静

看着阳光里的灰尘，正一点一点
飞离我们依然执着的这个世界

夜空

除了明月，夜空中将留下什么：
一只点着灯飞过的铁鸟
一片陷身黑暗的红色花瓣
一根未被手指抚摸过的琴弦
一个被情书围困的女人

牡丹已经在夜空中开过
风小心翼翼地吹

在黑夜的沉醉中你什么都看不见：
另一边，路灯下
卖甜汤的矮胖子叔叔
此刻趴在角落里伤心落泪

少年游

亲爱的，如果沉入轮回
别忘给绝望留个记号

像记住一个孩子的名字
我记住了你的嘴唇
在我肚皮上留下的温度

亲爱的，雨水淋湿了芒果树
滚烫的欲望和幻想

你可以比鸟走得更远
去吧，像鸟一样地
不依赖芒鞋和竹杖

分身术

第一个男人越来越矮
端坐在莲花制成的漂流瓶中
他说话温柔，待人和气
挺着脖子用稚嫩的语气说话
一群孩子正围在他的身边欢呼
不时地眨了眨眼睛

第二个男人越长越高
人们找到他的时候
他站在高山之巅，高举双手
青山如一个拳头
他就如高高竖起的中指
你看见他
但你不可能找到他
他是一根戳向神明的中指

第三个男人十分委屈

他不说话，很安静，也很胆怯
他的目光审视着第一和第二个自己
并看清了细菌爬行的方向
他不点头，也不摇头，任凭
脸上的皱纹爬上了门前的石头

此刻，三个男人并肩站着。这个年月
碧蓝的地球被遗忘在夜空之外

任性

阳光太烈，我希望天空熄灭
一个人可以被允许崩溃
允许静静地躺倒在地
祈祷有一只巨大的手掌覆盖下来
清脆地将我熄灭
惨烈的动作容易让你感动
我需要你的感动

我期待一个关掉收音机的动作
瞬间声息全无
我还没有看过草原奔跑的牛马
却在梦中见过死亡
我也梦见鲜花遍地的原野
只是此刻，我在边界线上无声哭泣
原谅我的告别
每个孩子都要任性一回

一个人站在高处

你的写作被完全停止下来
你活在一片美丽的土地上
当一个教师，教孩子们写作

一个人站在高处，每天
看一滴露水如何落在课本上
然后低下头，修改错别字
多一横的，被生活压垮
少一撇的，笑容油腻奸猾

一个人站在岩石上
听惊涛拍岸，听轮船鸣笛
当一个编辑，教年轻人写爱情

故事里的悲欢不尽相同
你不敢提及过往
生命中曾经的心动不可重温

你是一个懦夫，站在高处

不见大地上白雾茫茫

八月，在松山湖

八月，我到松山湖来
并在这个地方写了第一首诗
我郑重其事，强调了时间和地点

我还没有做好在这儿
生儿育女的打算
一切正在慢慢发生
比如我在松山湖写一首诗
看着它如何分娩出来
带着我的体温
我看到青草和烈日
这是夏秋之交
我决定将心事托付给这片土地

重要的事情都在慢慢发生
我习惯深夜醒来

和这片灵性的土地对话

它会告诉我

这一切正在成为过去

包括写诗和写诗的生活

回忆过往美好时光

一些美好的东西终究会静静地走远
包括我美好的生命历程
也包括我的爸爸妈妈和年幼的弟弟
事实上我并不能因此而伤心
首先我应该美好，像夹竹桃一样
影子都掉在地上还拼命摇摆
我更不能用死亡或尸骨之类的词语
惊吓到任何人。我应该善良地
活在这个人世，拥有相亲相爱的人
拥有此生不生不灭的美好回忆

在此之前，我不能欺骗自己
更不应该掩饰自己此刻的伤悲
真正的幸福不是忍住泪水
而是把食指放到上下齿之间
狠命一咬，令它疼痛

我亲爱的孤独

在这里我没有朋友
只有快乐的草树
我每皱一下眉头
就白一根头发

除了书本
我再没有别的老师
忧郁于我是一种习惯
我抱着膝盖看了看星星
把自己称为天才

我远方的朋友
假如你知道我还继续
用写作记录闪电和雷声
你就应该猜到
我的孤独无药可治

寻找悲剧

我需要坚强地往前
我需要上苍给我神圣之光
我需要信仰和温柔的抚摸
需要爱以及真诚

我需要一个悲剧
来逼我伟大
需要一种悲愤的力量
让生命颤动
让生活凄凉

我的需要太多了

其实我只需要一个安静的早晨
一个人坐着，静静地写诗

或者一条房贷催款的短信

或者一个穷亲戚的借钱电话

而这些此刻已经发生

时光停住

时光停住
一切：
人的活动
树的生长
路上行驶的汽车
空中的鸟
全都不动了
我就可以沿着来时的路
一个人静静走回去

那是一个晚上
或是一个早晨
我已经忘了

一路上我看着
我的脚丫
在变成莲藕一样的颜色

这个世界太累了

我要在无声中赶路

我要回到温暖的子宫

时光停住

你和哪一棵树站在一起

时光停住

我托着下巴

坐在风尘仆仆的公交车里面

石头正在裂开

亲爱的，世界建在树杈上
人与人被空气分开
给我一点时间
我现在只是一颗种子
给我一点时间，我会长出来
我会长出叶子，再长出粗粗的枝干
最后在枝干上生出隆起的疙瘩
再长出刺，一根根的刺，刺向天空和大地

而现在，亲爱的，我身上饱含慈悲
我弯着腰，用一种奇怪的姿势活着
我夜读《易经》，睡觉时将自己蜷成一团
我低声下气，却无法爱恨分明
亲爱的，人类不可能不分裂
我走过一条妥协的路，让自己充分变软
但现在，亲爱的，我不可能不分裂

我身上已经找不到蛋黄

蛋白朦胧我的世界。一颗种子不能再

取悦于人。我的眼睛开始眯着

我眼中的神光正在逼成一条直线

我的爱人，请你走远一些

石头已经裂开，我要出来战斗

无从下手

早晨安坐在房间里
阳台上朝阳升起，清风徐来
我觉得应该赞美这一个时刻
却无从下手

孤独地翻书，喝水，发呆
眺望中年
我竟然读懂了很多年未能读懂的诗歌

孤独必须像彩霞
像彩霞一样红
你所理解的人生就该如此
冰凉的早晨和心上人的回信
都让人无从下手

我什么都有了

一个人的一生
正在慢慢变成一幅画
焦虑、孤独和贪婪的食欲
正在改变画面的色彩和形状
有一天走路的时候
他发现身体的褶皱渐渐多了
臃肿已经降临在他本来清秀的脸上
站着，看向脚尖，脸上的肥肉挡住视线
说话慢了，对涉及岁月和秋天的句子
已不如从前敏感

观看这个世界
孩童乌溜溜的瞳孔日渐倾斜
一双中年人虚虚实实的眼睛出现了

于是，曾被我看到的这个他变成了我

像从一张相片到另一张相片

我发现自己竟什么都有了

二十四岁的爱情若有若无

我还未来得及想清楚
爱情已经穿过重山和丛林
逼近澎湃的大海
我还来不及认真地表述它
就已被告知我来到这人世艰巨的任务：
造出一间屋子，再造出一个孩子

我未曾来得及看清爱人的面孔
她已经老了。猜疑来了，爱情假了
你再也无法拉着一个女孩的小手
走到那个浪漫的天涯尽头

没有爱情你也能活得很好
蜻蜓和晚霞都不再移动

甚至这都不属于田野的劳作

一举一动都必须被纳入规格

我不得不老老实实地说：我看到一片荒野

天国

我老了，十个手指都已经脱落
但我还能继续写诗
诗歌是雪白的，我把它写在风中
诗歌是艳红的，我把它刻进血液
我死了，风吹走我的尸骨
大地吸食我的血液，我还能继续写诗
一个孩子走过去，再有一个孩子也过去
我还在继续写诗

我要什么，我有什么，我什么都没有了
大风从窗口进来，又从大门出去
我爱你。那句话说了又说
那扇门关了又开

我要修炼成一只黄腾腾的大鸟
让痛楚和喜悦一起漫过我的身体
像你知道的那样
在遍地野花的山谷建一个天国

智慧就是不甘示弱

我知道这是堕落的诗
星星和玻璃都碎了
一地铺开
我又如何能提着熄灭的灯
走过那个沉稳的坟丘

我相信镜子中的自己
经受的一切苦难
和得到的一切幸福正好相等
我坚信穿白色的衣服
就能走黑色的路
没有人能打开那扇门
那把钥匙正嵌在我的脑壳里

命运

设置命运的掌纹
长在我们每个人的掌心
像一把钥匙
我们拥有它却不可改变它的尺寸

春天到了
竹笋的衣服被剥开
而爱人的列车还未进站

爷爷，所有的事情都在预料中
排着队慢慢到来
并如您所说的那样
排着队被人们开开心心地忘掉

石破天惊

绝妙之诗
应以清心寡欲的语气写就
而这是绝望之诗
安安静静，时间如同掰开一个橘子一样
将我一分为二
这是绝望之诗，将一个橘子一分为二
宇宙洪荒，就是这个动作所产生的力量
使我存活至今

变黄

你的嘴唇不难看到
你的喉咙正在慢慢变黄
死亡从一个眼神开始
正慢慢向周身蔓延
从魏晋到唐宋，无一幸免

就是在这个时刻
你看到自己正在变黄
没有音乐，你也开始想不起树叶
竹简开始变得光滑
寓言变成童瑶，篆刻弄丢了密码

血液静止下来
风也开始停息

远处有河水从天上奔来
马匹在大地之下运行

一切都清楚了，恐惧并未能减少

字符化为河沙的速度

回来

在一个可以安心垂钓的地方
等你回来，等送葬的人们
沿着湖岸静静走回来

搬运石头的人们，提着酒壶的人们
都相信轮回与宿命能改变苦难的脚步

这一刻的太阳是粗糙的
空无一人的水井边，幸福源源不断

与风为偶

我的绝望是一排竹子
黑人祖先敲响喜庆的木鼓

菩萨坐在云端，巡逻的士兵立在城楼
睡莲辞别了终日争吵的孩子，去远方

微笑着，和别人说起我的黑手指
人类的绝望是一排竹子，终日与风为偶

四方形

将雪花变成四方形的砖块
降落下来，砌成雪白雪白的房子

风是四方形的，一块块从远方运来
这项工作由四方形的蝴蝶来完成

四方形的蚂蚁有四方形的触须
它们小心翼翼，传递先辈的信息

这个世界有一个四方形的心脏
痛苦一阵一阵，紧随在快乐喧腾之后

温情脉脉的眼神躲在暗处，很黑
夜幕来得很快很快，我们都看不见彼此

飞刀

你可以将我当成一个祥和的夜晚
你也可以将我当成一枚飞刀
当凝望星空的姿势聚集在你的笔尖
你还等什么呢
默默的承受只能等来一场无声的阉割
一张圆桌坐不下嘲讽与歧视
现在你还等什么呢
你可以将我当成无求不应的国王
也依然可以将我当成一枚飞刀

未来情书

中年肉眼可见的痛苦
在记忆中蔓延
“哭了好久，这是想你最多的夜，
过了今晚自己还是自己”
她给我看枕头上的眼泪
把这张从远方发来的照片
作为想我的证据
眼泪只是模糊的一团水渍
既不美丽
当然也无法象征爱情
“我一直在克制自己，
隐忍，偶尔做梦会见到你”
如此想象过往显然是危险的
为确保对话继续维持庸俗
我不得不谈起胆结石
谈起深夜里的疼痛无限接近死亡
只有生死的震慑可让人麻木

由此我再一次证明：

正是身体里石头的重量

让我成为云淡风轻的中年人

景色

等了这么久，地球终于变圆
你还要多久才能到达你想去的地方
我将用热烈的方式为你送行：
飞舞在空中的白蜡烛，挂在树梢的铁器
代表爱以及一无所有的女人
你曾经主宰这个世界，但你无法主宰诗意
你捏住了我的命运，但握不住我绝望的方式
你将我送到这里，这个阳光的人世
现在我要送走你，温柔地，缓慢地
将你连同命运的钥匙一起埋葬在莽莽的山谷

山脉本是大地的伤疤

应该将山脉处理成大地的伤疤
好不了的伤疤，撼不动抹不走的伤疤
每一个转角处都怪石森森，面目狰狞

既然如此，又何必长出许多草树
让毒蛇和猛兽在伤疤上走来走去

这样的日子已经过了很久
亿万年不动声色，伤口早已愈合
到底是出于什么目的
非要把绣花针插上伤疤一样的坟头

灭门的命案正在发生
手持菜刀的人背着阳光走路
静悄悄的，带伤疤的眼睛看着这一切

一张躺椅在月光下晃动

有人抽烟，争辩的声音忽高忽低

大风突然没心没肺地刮起来

你所说的诗意，难道就是这些

故乡的河流

是故乡河流中的一个浪花将我从梦中惊醒
这个下午，我怅然若失，祈祷来自天堂的喜悦
能够流遍我的全身。我愿意这样写着诗老去
写着诗死去。我口中的句子像星星一样落在大地上
太久了，一万年吧，我的诗歌已经落地生根
我的使命是撼动它们，那些句子，它们根深蒂固
我的使命是撼动它们，我要骨肉分离
我要它们重新获得飞翔，我要它们都漂移起来
我愿意让它们漂浮在故乡的河流上
就是梦中那一朵浪花，也有星星落在上面
我愿意如此，于是都如此，这就是所谓的命运

眨眼睛

我是乡间温柔的哑少年
手握天机，未敢向世人泄露命运的真相
每天忍辱负重，不停地激活记忆
用竹竿赶着鹅群在田野中游荡
我有诸多理想，寂寞让我渴望朋友
也让我变得险恶。在我之前到达这个世界的人们
成为当今的主宰。需要经历多少哑口无言
我才能从别人的手掌中取回自己
我想好了，死的时候
我将不停地眨眼睛，不停地眨呀眨呀
这是命运奇异的密码，先于我而存在
无论上帝的手掌覆盖在哪里
无论如何挣扎，无论委身于谁，我都要走完一生
带着命运的谎言，孤独地走完一生

清宫怨

一个假设就是一场命运
穿着短裤的人们行走在城市的每个角落
如果从白云后面用眼睛看他们
看他们身体的某个部位，你会感觉到冷

时间的机器坏了，走走停停，世人浑然不觉
此后几十年中，他们时断时续地挥霍生命
死了之后，所有的灵魂都会被倒挂在半空
那些白云的后面，无数的眼睛，惊怖和忧伤

一个老女人坐在石头做成的楼梯上，坐在空中
她目睹这一切，由于过度生育，她的子宫已经
变得破败不堪。她有个好听的名字，叫作上帝

阳台种花，七月将尽

有人爱我如晨雾，转身皆消散
剩下绿萝喜欢阴凉的角落

有人谈论秋日初见时刻
午睡刚醒，山茶花不言不语

有人送我四个笔记本
春夏秋冬，每页皆开满了茉莉花

有人哭着说起童年，虎皮兰如剑
金银花被煮成了药

有人无端走进我梦中
仙人掌用字句布阵，守口如瓶

有人终于不见了
桂花无声，枯萎在泥土里

有人在湖边行走

桃花开处，撑着伞，和另一个我相遇

有人再说起七月，三角梅绿叶落尽

哦，没有人了，过去即消散

睡去

就一次，请让我看着自己睡去

请让我看见自己眯着的眼睛慢慢紧闭，呼吸均匀

让我看着自己的眼睛，在眼睑后面骨碌骨碌地转动

请让我看到我的腿，不自觉地抽动了一下

听到我的鼾声，从微张的口中发出，震落屋顶的尘灰

请让我站着，看到自己的梦境正在对我进行勾引和袭击

让我慢慢知道我的智慧，正在脉管中悄悄流动

我宁可相信睡眠是灵魂的离开，去往另一个世界

我睡着，一朵昙花在夜里安静开放，并完成它的一生

六月，忽然想到水

我们有时祈求意外，有时害怕惊喜
有时称它为运气，有时叫它做命运

有时我们会想起水
水像空气一样存在，我们不把它叫水
我们有时叫它血，有时不去看它

有时会是下午五点钟
我们不把这叫作时间，叫一生，叫一辈子
所以一直在等待，直到下午五点钟

终于走完了，可以不用等待
意外或者命运，我们不知道它会结束

短句

举起手，风从不同方向吹来
新月初升，睫毛就低垂下去

新娘在吹打声中走来
看戏的人和演戏的人，不停地转换

婚葬的仪式只有那个驼背的老人知晓
安静的溪流轻敲寂寞的大地

汽车让道，驴儿从中间走来
连天的青草此起彼伏，是谁满脸通红

记录

雨水还是将它填满
风扇在转，守门人凝视着绿绿的田野

台风已经过去，乡村一切如故
物价持续飞涨，胖女人在街上来来往往

电话总在深夜响起，苦命人
要在毒辣的太阳来临之前采摘和耕耘

凌晨时分，雨水将失眠的时间填满
黑夜将手指从身体上分离出去

雪国的艺人，安守本分，弄着手工活和茶叶
风湿病人在此时开始疼痛地叫喊，声音很低

纯洁

四月的记忆：用刀子可以断开尾巴
切断绳索可以让舟楫远走
可以切开白菜，切开草莓、梨和苹果

记忆握在手里如烈日下的冰块
你很着急，但流走的记忆依然不属于你
你不会感到疼痛，它是纯洁的

它是纯洁的，因为被切开
但你决计不会想到用的是刀
这就是我想要的，也是你想要的

春天的故事

事毕

我说我只是路经此地

她说她也是

我从彼此的眼神中确认

她路过了我的路过

就这样

我们在故事中互为背景

灿烂友谊延续了半个世纪

写给自己

蓬头垢面的小女孩跑在街上
下过雨，一只只眼睛蹲伏在暗处
我应该经过，或者路过
胸腔里那颗跳动的东西已泥泞不堪
我见过狼，还见过其他，比如上吊的女人
我唱过歌，也唱过其他，比如手指与血
这些都是奇怪的，新的陆地上
一个小女孩歪歪扭扭地跑着，她将直接
跑向死。安静与永恒之死。命运押着她
去往童年，去往小黑人的院子
死亡有时候是一条河流，为落泪的人们
清洗罪恶。我无数次地梦见坠楼
黑暗的眼睛一闪一闪，如冰凌，或者刀
我在画画，画一个女孩，跌跌撞撞
走入了死亡的河流，走入了永恒的悲悯

车祸

车祸以后，我还活着
我用两天时间
来消化一个撞击的动作给我带来的恐惧
我假设车辆以不同的速度和力度
给我的身体带来不同程度的破坏
我想象此生就此终了，故事谢幕
这个生命不过是一个标本
被钉在上帝的坐标之上
我模拟我的恐惧，以此来明白人类的不安
我相信它，相信这种触觉，能带来光明
我相信一场车祸，可以是一个标本
而整个世界都可以是一个标本
那么，该由谁来接受这一份沉重的邮件

赶紧

走在晨风里，我的睡眠还没有解冻
没有梦的夜晚荡平了我心灵的坑坑洼洼
早晨变得很慢，所有的清醒都是一望无际的

天气转凉，落叶尸横遍野，在冬天来临之前
我必须赶紧写一首诗，来纪念这个季节
纪念它的风，纪念摇曳的看麦娘，纪念金鱼

金鱼活在它的季节里，那里只有生和死，黑和白
而我必须记住它们，在天国的召唤来临之前
我必须赤着脚，像一个圣徒，记住风，记住草

记忆的井口

我们并没有活在记忆里
只是顺着记忆之路走回去
总是爱不小心，掉进
自己多年前挖好的陷阱
然后像一只青蛙，张望着
绝望的井口，看到更为绝望的
天空。徒然觉得伤心欲绝

我们的阳光并没有厚度
但每个人都记住了这些细节
包括轻微的欢欣，轻微的鼻息
轻微的手指，轻微的睫毛
在这天地间活着，爱着
快乐与伤痛，皆以欲望为食

而我们终于成长为固执己见的中年人
以悲喜为生，拥有躯壳
如拥有一卷山水，将眼泪赶进大海
将笑容刻进石头。风吹过
这些不生不灭的记忆，也如风吹过

我正在凝固

雨水湿透了我，冷
像一片裸露的雪，像水泥
我正在凝固
亲爱的，假如有一天
你找不到我，别怕
我一直都在这里，像一棵树
站在它的故乡

中秋

我再一次提到秋天
但没有提起稻草
这是秋天的腰部
到处都布满了柔软

他的吉他再一次弹响
那么刺耳，那么急
黑暗中，月饼蜕皮
月亮姑娘她又黑又哑

八个比喻

像一根手指一样脆弱
像被含在嘴里般沉默
像一头牛一样看着这世界
像海边的石头一样倾听
像盛装的小丑一样高兴
像早晨的锄头一样轻快
像童年一样抱紧苦难
像大象那样，赤足行走

唤醒

我首先说一句你不懂的话
然后说一句你懂的话，我试图
将前后左右的都纠集在一起
试图将你唤醒。四个我分别
向前后左右走去，只剩我站在中间
显得特别孤独。也许这一切都是幻觉
但我可以告诉你，我的姓氏和图腾
我来了，走路像一条狗

立着像一条标杆。这些年月
混迹在人世，我一次次叫响自己的名字
我会凭空消逝，但在此之前
我一直在说话，我试图告诉你，我的悲哀
试图在你的爱死去之前，将你唤醒

猫飞过海

给猫加上翅膀出于一种偶然
但迎着春风起飞则是一种必然
在必然与偶然中间
立着我的妹妹，她那样瘦

仓皇的岁月，炎热的夏
剥落的年轮张开空白的大口
除了对时间的叹息
再找不出别的词语可以让她长大

那只猫，用猫的姿势睡觉和生活
日子，日子
是谁敲开了竹子的沉重
是谁扶起了造梦的白云

幸福彼此平行

我们的幸福彼此平行
两辆车、两艘船、两匹马彼此平行
阳光照在屋顶，孩子坐在湖边
景物中无声的歌谣彼此平行

新的一年中不同的季节
包裹好各自的遗憾
隔着千山，隔着纱窗，或者
只是隔着时间的河岸

别叹息你我久无联系
因为幸福彼此平行
不同的窗口播放着不同的故事
如彼此隔着厚厚的土墙
各自整理自家房间的衣物

风把风吹老

我等桃花开，你等桃花落
春风来，北风去，风把风吹老

你在斜阳里，你在斜阳外
你在斜阳埋骨处，相思莫相扰

石头

只需要死死按住自己的心
我就会往下沉，一直沉
可以安安稳稳地落在地面上
首先是双脚着地，接着是屁股
再就是后背
最后，我的长发也安放在大地上
至此无论多么浮躁的风
都吹不动我这块固执的石头

黑天使

开始总是无人在意
直到发现她身上积蓄的恨
恨直接挂在她的乳房上
逐日膨胀，占用了大量的内存
也占用了过去和爱有关的细节

敲击会带来回音
我是说那对陶瓷制成的翅膀
她就是借助腋下这些坚硬的物体
腾飞了起来的

深信

在池塘深处，在水中
水做的脚步踏不出脚印
我在此处，潜藏在大地的心脏
安静，微笑，这是一个游戏

泥沙守护着我的眉眼和心胸
一阵春雨过后，你会发现
我的骨，我的温润的唇和语词
你定能领会我的温柔
游戏在人世，我对此深信不疑

蛙声

自此之后
见面是一件奢侈的事
我知道此刻，你的窗前
雨滴正敲响青蛙的肚皮

我在井中，仰望星空
敲响我肚皮的雨滴
正在赶来的路上

我要在狱中歌唱
无视这黑夜黏稠
无视寒风
歌唱被时空隔绝的青春
歌唱逆风生长的爱情

雨中的第三只手

有雷声路过窗口
那些勇敢的人仰望天空郁郁寡欢
一辆豪华轿车像乌龟一样倒退着缩入车库
雨一直下，这么多雨滴一起跳下来
地面上的树木颤动着，万千树叶向上生长
雨伞遮住了女人的腰，一双白球鞋轻快地移动
雨漫过路面，推垃圾车的汉子没有第三只手撑伞
雨又大了，窗户玻璃上的水滴在增多，在滑动
它们仿佛伸出手和脚，四下里抓，抓住命运
但却不能阻止自己的滑落，没有第三只手会拉住它

和雨中的一切摆设相同，我只是一块颤抖的石头
深情地凝视着你心中的羞涩和绝望

写给爱情或者死神

我知道你来过
在树梢，在虫儿的叽叽声中
在明月盖住窗户的时候

我知道期限已到
理当悄无声息地松开手指
我还在呐喊，而你并不理睬

我知道结局，我猜到
衣袂香软处夜风正凄冷
谁叫唤，谁受苦，看花人却在何处

设若

设若还未起程，便已经结束

请一定守住你的脚步，扶稳你的眼镜

设若路上有一片树叶感动了你

请如记住笑脸一样记住它吧

设若今夜你看见星星，请对它笑

请向路灯问好，请别在夜的中央停留

请揣紧怀中的梦想

设若还有梦想，千万别

在浮华的灯火和沉重的迷雾中失去你的童年

同行

不用着急，我们会一起老去
你教会我风湿病，我教会你痴呆症
没有风吹竹叶，是我贴着你的耳朵说话
没有桥，没有忘川，你会活很久
直到我们都忘记了时间，只需翻一下身
只需搬一下家，只需把我们的邻居
变为蚂蚁、石头、草丛、大海
我们都会活很久，没有人会来打扰
我们在那里，就会一直在那里
没有风，没有树叶落在你身上
那是我的手掌，它一直抚着你的肩膀

夜风掀起了看不见的白浪

我是一棵长迟了的树
当夜风掀起了看不见的白浪
我将看到我自己，在我被完成以后

我渴望得到你的指引
渴望你能告诉我贪心与野心的区别
渴望你帮我分清知足常乐和不懈抗争
当夜风掀起了看不见的白浪
请你凝望我的唇，凝望我的渴望

我是一棵长迟了的树
日渐弯曲，正在苍老
龟裂的手掌托不住太阳
街道的中央荡起了撩人的脚步声
而号角吹响，夜风掀起了看不见的白浪
我看到我自己，正一点点被完成
凝固我的，如果不是时光，那将是什么

坎离

石板做的桌子，横在中间
我吃饭，你吃冰，冷暖此刻平行
灯光变脆，语调可疑
只需再走五十步，便是故事末端

日子做的胡琴，横在中间
你喝水，我喝汤，哭笑无非孽缘
爱恨颠倒，一场虚空
一枕香梦五十载，奔走所为何事

第三人称

他小心地退回果核的内部
他小心地滑过赤裸的银河系旋臂
他拉弯自己，反弹出去
在空中，他感到渴

诵读，将绿色的青春铺开
柔软的纱巾陈列在他的反面
钥匙没有认出它的主人
第三人称困住了你们，请默哀

在果实、手臂、弹簧、手枪中间
所有人都圈出了自己
刻意地辨认，线条慢慢变得简单
那些不需要的，都会被擦去

山坡上立着我的情人

第三次用手拒绝抒情
用指甲拉动手指，用手指带动手掌
手掌裹住黑暗，黑暗被嵌入冰凉的风

请记住，你无力搬动落叶的姿态
那些被栽种在那里的，将永远不再移动
铁铸的鉎牛犁开的梦，粗糙的散发甜味的过往
都还在，都还在，山坡上立着我的情人

灰尘

中年男人坐着，回味着贫穷
笨鸭子一只又一只路过门口
榆树下，脱毛的狗像一堆柿子
灰尘和彩票、失业、空难这些话题一起
布满这个乡镇的每一个角落
泥土、白菜都不见了，但灰尘还在
老人都不见了，古老的灰尘还在

灰尘在空中飘着
仿佛真的没有人能看见它
我有时张开口，却未能道出真相
村口的牛也张开口，它在看我
我的女人在田地里挑水种菜
她黑油油的长发披在肩上
被隔绝的光阴如此短暂，以至没有办法
去关心空中灰尘的另一种生活

什么时候能

什么时候
能写出像石头一样质朴的诗
经得起嘴唇的反复检阅

什么时候能捡回我在阳光下的某个姿势
犹豫的，矛盾的，穿着拖鞋的

什么时候能摆脱恶心的优雅
回到滋养我自由生长的铁器中去
去沉迷，去让热血融化自己

什么时候
能唱着野蛮的歌，让狩猎者前来朝圣

重复

也许这第二遍
在此之前都已经走过一遭

也许时光没有穿过针孔
裙摆和碎步快速轮换，未曾相欠

敲击

仍然无法阻止流年的进入
无论纠缠还是矜持
掌管我生命的水还是
进入了我的身体，漫进了每一根血管
一秒一滴，一秒一滴
和我的心一起敲击胸骨
我想起无数次被拒绝的瞬间
还有闭口不语的你
那时你的眼睛看着别处
浪花敲击着沙滩
隐约听见远方有飞刀向我飞来

是西瓜自己

是西瓜自己长成这个样子的
它没有长成阳光，也没有长成空气
却固执地成为西瓜自己
不愿移动，慢慢让自己变得臃肿
贪婪而懒惰，一个球，水一样灌满肚子
球状的水桶是一只绿色的眼睛，望天空

望天空，所有的日子，也只能望天空
西瓜越长大就越犹豫
总怀疑身体里流淌的不是自己的血
狠下心，把种子捏得黝黑光滑

碧河小调

羡慕原野想让光停留在何处
便停在何处

想起那幽怨的女子
守候在墙角
不时放任记忆去赎罪
长大的，怀孕的
都在爱的视角里变暖

在路上
生和死逐渐了然
唯一丝怀念可供独享
某年，我在低处
祈求你和神的宽恕

秋风辞

要说没有遗憾
为什么要让看不见的风
来吹竹叶，敲竹节
寂静无声的江河淌过平川
便如火车开进空山

要说没有遗憾
为什么只有泥土知道竹笋
破土的消息，不是春天
负剑之人独来独往
说不出山腰上
那个孩子托腮凝望的哀愁

寒露已尽夜归人

——悼念东荡子

有一回，和木匠的儿子喝酒
他说起历史书里的马匹
他说话很响，响得能震晕蚂蚁
就如周遭还是嘈杂的锯木声
就如他好像不用担心很多事
却要留两撇胡子壮胆
酒是好的，喝多了就能说更多的话
一串响亮的笑声就是一只酒杯
寒露已尽，他悄然离场
手持王冠，带走真空里的马匹
阿斯加那么遥远，他却连
一串咔嗒咔嗒的马蹄声也不愿留下

鼓点

在变复杂以前
总有一部分先变得柔软
开始是砖块变温和
紧接着，蚕就出现了，它左看右看
看一眼就咬一口，一小口，再一小口
咬破一个洞，颜色开始变白
阳光排着队小跑进来，在室内开始操练
一双忧伤的眼睛凝望这一切
彼端那么热闹，此端如此孤独
然而这些是不够的，要从中间开始裂开
但不会痛
像一朵红莲开始绽放，但不会痛
一个手指安放在嘴唇上
森林里的鼓点停停落落，一下紧似一下
在变复杂以前
总有一部分必须被敲落下来

食物

我今晚的食物是鸡蛋和土豆
鸡蛋容易煮，土豆不容易坏
夏天，在没有冰箱的房间里
它们懂得如何保持忠贞不渝
不让自己包藏祸心或旁逸斜出
像历史上的老好人，它们步调一致
甚至被煮熟以后，也是黄澄澄的颜色
你看，此刻它们多么欢乐
躺在锅底像小学生一样欢呼雀跃

那些年的优雅

在转身间丢失掉的优雅
今晚又通通回来了
优雅掠过我的眼神，我的眼
就明亮起来
当然，这是我的想象
事实的真相是
另一个我在故乡被唤醒
他坐直了身子，揉揉眼睛
凝视着不变的河水
其时，他的心很浅，比小河还浅
绝望离他很远
他汲取河水的那一瞬
也想起了我
我在异乡，投以微笑

解脱

大风吹，城市掉层皮
楼前大树呼告求饶
一排自行车哗啦哗啦倒地了
多米诺骨牌一样，倒了
风中活着，理当要小心翼翼
我在窗口张望，看我的自行车
它在风中摇晃
大风，大风，我的车终于还是
哐当落地，我分明听到它痛叫一声
我的心也落地了
风中生活只能躺平，睡在风里
就如睡在湍急的时光里
没有长满倒刺的爱，所以不痛

2003年的鼓浪屿

没有人再和我提起鼓浪屿
也没有人提起琴声
那些年，烙伤的疤痕被海风吹痛
用青春的借口开出灿烂的花
我记得那些弯曲的小路
和人生的起伏并无二致
大概同一个预言，必须用
不同的咒语才能搬动命运的掌纹
而我所记得的那些涛声
夜夜清洗罪恶，让那座小岛
那么干净，又充满岁月的忧伤

桑树

去年我种下的那棵桑树
如今你重新栽种
土是原来的，水是原来的
时光中的你我是崭新的

那棵歪脖子桑树长得不好
不是风吹的，也不是因为干旱
而应该相信，每棵桑树都是如此
看上去充满了埋怨和不甘

但是，我的老朋友
这是幸福的季节，每棵桑树都是新的
内心积攒多年的欢喜一并涌出
哦，夏天，神的赐予
那些甜甜的桑椹，带着酸酸的回忆
和温柔的爱意一样
都是我们来到人世最好的礼物

冬至

亲爱的，这是 2021 年的冬至
夜长梦多，而我还活着
那些功败垂成的事宛如流水
一年将尽，再没有慌张的想念
祝福已经毫无价值
而亲爱的，人生该有留白
我并不准备填满

他们都说你很美

我不能失去你
一只骆驼不能失去它的落日
一只瓷碗不能失去它的清脆
一只猫不能失去它的懒腰
我不能失去你
他们都说你很美
在山坡上，在晨风中
在光着脚走过的海滩上
你不应该被紧紧包裹
而恰恰需要袒露在霞光里

一朵花的开放并不表示幸福降临
一声叹息并不表示你将远走
他们都说你很美
当露水渗透树的枝叶
月光并不着急，我会等着你归来

白霞五句

过去了的，我称它为白霞，白色霞光
看不见的霞光，它经常铺满，也经常扑空
这尘世中，我记取了一个温柔的关门远去的动作
我的门，一直虚掩，直至看不见的风和霞光让它闭合
像一朵花收拢花瓣，蚌合上嘴巴，上苍摘走魂命